4037

LA PRISE

DE LA

ROCHELLE

POEME.

Dedié à Monseigneur le Cardinal de
RICHELIEV.

M. DC. XXXI.

LA PRISE
DE LA
ROCHELLE.

Poëme.

A Monseigneur le Cardinal.

Oy qui pour nostre deliurance
As mesme surpassé nos vœux;
Et qui fais rajeunir la France
En faisant blanchir tes cheueux.
GRAND PRELAT de qui les ouurages
Preseruant des plus grands orages
L'honneur du plus grand Potentat;
Ont terminé la Tragedie,
Dont l'Erreur & la Perfidie
Depuis soixante hiuers auoient troublé l'Estat.

Je veux descrire vne Auanture
Où tu fis 'iuger à mon Roy
Que la Fortune & la Nature
N'ont rien produit d'esgal à toy.
Ses progrés nous forcent de croire
Qu'il doit vne part de sa gloire,
Au bon-heur qui suit ton Conseil:
Et que le credit qu'il te donne
Fait que l'esclat de sa Couronne
Est presque aussi cognu que celuy du Soleil.

❊❊❊

NON LOIN de la profonde Mine
Qui sert aux Demons de sejour;
Où le vice nous achemine
Sans esperance de retour,
Sur le riuage de l'Auerne,
On treuue vne sombre Cauerne
Qui fut la prison de l'orgueil;
Alors qu'vn esclat de tonnerre
Fit voir aux Enfans de la Terre
Qu'ils entassoient des Monts pour se faire vn
Cercueil.

A ſa porte on void la licence
Iointe à la curioſité,
Qui font ſoupirer l'inocence
Sous le joug de l'impieté,
La verité preſque eſtouffée
Sert de matiere à ce trophée,
Qu'y dreſſent la rage & l'horreur,
Et le plus noir Demon des ſonges
Enuironné de ſes menſonges
Eſtale tout autour les tableaux de l'Erreur.

✻❧✻

L'audace au milieu forme vn throſne
Eſgal à celuy de Iunon,
Qui ſemble à ces lieux où le Roſne
Baiſe vn lac ſans perdre ſon nom.
Là, le Monſtre de l'hereſie
Se fait voir dans ſa freneſie,
Auec vn teint ſi furieux;
Que l'objet le plus redoutable,
N'eut iamais rien d'épouuentable
Au prix de la terreur qui paroiſt dans ſes yeux.

B

La Peſte loge en ſon haleine,
Des raƶoirs luy ſeruent de dents,
Et ſa puante bouche eſt pleine
De ſang noir & de feux ardans.
Sous ſes pieds on void des ſtatües
Et des Couronnes abatües,
Des ſeptres briſez en cent parts,
Et mille Citeƶ rüynées,
Dont les ſeueres deſtinées
Ont noyé dans le ſang les ſuperbes remparts.

❧

Son ſein deſcouure deux mamelles
De qui le tragique poiſon
Sert à nourrir deux ſœurs iumelles
Les premieres de ſa maiſon,
L'vne ſe nomme l'inconſtance
Qui foule aux pieds la repentance,
Et l'autre la rebellion,
Qui pleine d'vne rage extreſme
Pour ſe conſumer elle meſme
Vomit vn plus grand feu que celuy d'Ilion.

Ce Monſtre qui choque des Parques
L'indontable ſeuerité,
Et qui terraſſe des Monarques
La puiſſance & l'authorité.
Plein de deſpit que ſon Empire
A l'odeur de nos Lys reſpire,
Et las de tant de maux ſouffers :
R eçoit enfin quelque eſperance,
Et croit que le ſein de la France
Embrazé de ſes feuz, peut adoucir ſes fers.

Il ſonge lors à la R ochelle,
Et tient que par cette Cité
Jl peut comme par vne eſchelle
Monter à ſa felicité.
Auſſi toſt remply de manie
Jl ſe communique au Genie
Qui reigne chez les R ochelois,
Et luy dit que les Deſtinées
Ont ordonné que ſes menées
Le mettent à l'abry de la foudre des R ois.

Ce discours embraze la rage
Du mauuais Demon de ces lieux,
Qui croid que ce tragique ouurage .
Le peut esleuer iusqu'aux Cieux,
Il sort aussi tost de la terre
Plus prompt qu'vn esclat de tonnerre,
Et pour gagner ses habitans
Il s'en va glisser dans leur couche,
Et souflant trois fois dans leur bouche
Leur fait enfler le cœur de l'orgueil des Titans.

Ce fut alors que la furie
Excecuta mille attentats,
Et que l'on veid la barbarie
Faire vne part de nos Estats :
Lors perdant le respect du Prince,
L'heresie en chaque Prouince
Porte la rage & la fureur;
Qui font que chacun s'y cantonne,
Et du debris de la Couronne
Espere de former le throsne de l'Erreur.

D'vn

D'vn dos courbé, le vieux Neptune,
Gemist sous le faix du butin
Qu'vne trop aueugle fortune
Depart à ce peuple mutin.
La mort, le feu, le sang, l'outrage,
Seruent de tribus à sa rage,
Et Thetis à l'heure pastit
Surprise d'vne horreur craintiue,
Puis rougit, de veoir qu'à sa riue,
Vn fleuue qui la baise ensanglante son lit.

Lors, par vn labeur incroyable,
On leur void dresser des rempars
De qui le sommet effroyable
Les enferre de toutes pars.
Et ces ames denaturées
A leur ruïne coniurées,
Ne iugent pas que ce recueil
Qu'ils preparent pour leur deffence,
Punissant vn iour leur offence,
Doit en les accablant, leur seruir de Cercueil.

C

Comme en ces boſſes de la Terre
Dont le ſommet perce les airs,
Touſiours les eſclats du tonnerre
Sont deuancez par les eſclairs.
Ainſi deuant que leur malice
Enduraſt le iuſte ſuplice
Qu'atire l'infidelité ;
Mon Roy fit eſclairer la foudre
Qui deuoit les reduire en poudre,
S'ils ne la deſtournoient par leur humilité.

❦

Mais ils ne veulent rien entendre,
Et pour LOVIS ils n'ont point d'yeux ;
Auſſi que pouuoit-il attendre
De ceux qui meſpriſent les Dieux ?
Sa bonté fomente leurs rages,
Par les excés de leurs outrages.
Tout le Royaume eſt diſperſé :
Et c'eſt la creance commune
Que pour mieux aſſoir leur fortune,
Ils ſe veulent ſeruir d'vn throſne renuerſé.

Par le venin de ces viperes
On veid ternir les Fleurs de Lis,
Tous les hommages de leurs peres
Furent en ce temps abolis,
Le bruit que fait leur violence
Aprend des-ja leur insolence
Au peuple le plus incognu,
Et l'Enfer qui pour eux conspire
Aloit renuerser cet Empire
Si tes mains, Grand Prelat, ne l'eussent soustenu.

Ce fut alors que ta prudence
Preuoyant ce noir attentat,
Releua dans sa decadence
L'authorité de cét Estàt.
Et contraignit mesme l'Enuie
Voyant l'histoire de ta vie
Surpasser les humains effors;
A dire (non sans aparance)
Que le bon Ange de la France
Prenoit pour se couurir le voile de ton corps:

De mesme qu'vn antique Exemple
Aprend qu'autrefois des forests
Conseruoient l'Oracle & le Temple
Qu'vn peuple sacroit a Ceres;
Le soin d'vne innocente crainte
Deffendoit ces bois de l'attainte
Du fer, des flames & du bruit
Chacun reueroit ces lieux sombres,
Et n'osoit profaner les ombres
Qu'y retiroient tousiours le silence & la nuit.

Eresicton seul dont la rage
Despoüilloit le respect des Dieux
Osa d'vn barbare courage
Employer le fer en ces lieux,
Mais cette effroyable manie
Ne demeura point impunie,
Car vne insatiable faim
Dressant dans ses propres entrailles
L'apareil de ses funerailles,
Rendit son estomach le tombeau de son sein.

Ainsi

Ainsi nous conseruons ce liure
Qui fut d'vn Dieu le Testament
Lors que pour nous faire reuiure,
Il descendit au monument.
C'est là que d'vne voix secrette
Le souuerain nous interprete
Ses Oracles & ses decrets :
Et touché de leur reuerance
Iamais aucun n'eut l'asseurance
De violer l'enclos qui garde ces secrets.

❧

Mais la fureur de l'Heresie
Mesprisant le discours des Cieux,
S'aueugle dans la frenesie
Pour se fier trop à ses yeux.
D'vn bras sanglant elle rauage
Tout le corps de ce grand ouurage
Qu'elle empoisonne de son fiel;
Et sans nul respect elle brise
Ces passages par où l'Eglise
Adresse ses enfans pour les conduire au Ciel.

D

Les Dieux sont longs à se resoudre
Sur la façon de se vanger
De ces forfais pour qui la foudre
Est vn chastiment trop leger,
Ils demeurent soixante années
A consulter les destinées,
Enfin de peur que les mortels
Doutassent de leur prouidence
Ils t'esleurent pour leur deffence
Prenans vn Cardinal pour vanger les Autels.

Pour vne si juste querelle
Par mille moyens inouïs,
Tu voulus punir la Rochelle
Auec les forces de LOVIS,
Mais iugeant que cette vengeance
Estoit trop noble pour l'offence;
Tu la serras de tous costez
Afin qu'vne rage nouuelle
Fist sentir au corps du Rebelle
Ce que le corps ressent des membres reuoltez.

Les entrailles les plus cachées
Des terres qui sont à l'entour,
Leur presagent par des tranchées
Qu'on auance leur dernier iour.
Et cependant qu'on les enserre,
Et que le Demon de la guerre
Veille à la garde de nos Forts:
D'vn seul mot, tu fais tout à l'heure
Que la faim quitant sa demeure,
Viēt affoiblir leurs murs par des rēpars de corps

❦

Ce Monstre que la Destinée
Retient sous le Pole du Nort,
Pour y receuoir chaque année
Les tribus qu'on doit à la Mort.
Auec vn teint affreux & haue,
Des levres qui sucent leur baue,
Les yeux ternis, noirs, enfoncez,
Et le marcher lent & debile,
Arriue enfin dedans la ville;
Franchissant aisément ses Forts & ses fossez.

Les Rochelois à ſon aproche
Sentent gliſſer dedans leur ſein
Vne langueur qui leur reproche.
L'injuſtice de leur deſſein.
Mais au lieu de ſe recogneſtre
Jls vont au Nord chercher vn maiſtre
Pour maintenir leur atentat,
Et la faim nourrit cette rage
Afin que leur iuſte naufrage
Empeſchaſt le deſbris qui menaçoit l'Eſtat.

Ce peuple qui void ſon Empire
Renfermé d'vn jaſpe mouuant
Et de qui le poumon reſpire
Vn air touſiours batu du vent.
Par vne funeſte entremiſe
Quitte les bords de la Tamiſe
Conduit par vn tragique ſort,
Et fend les boſſes de Neptune
Sans en redouter l'infortune,
Puis qu'il eſt deſtiné de perir dans le port.

Ses

Ses vaiſſeaux abordent nos Coſtes,
Où l'Echo ſemble par ſa vois
Fauoriſer ces nouueaux hoſtes
Aprenant à parler anglois,
Le vent qui fait enfler leurs voiles
Conte leur deſcente aux Eſtoiles,
Et la publie en chaque endroit
Quand les Dieux en leur Conciſtoire
Diſpoſent deſia la Victoire
A ſe treuuer dans Ré pour deffendre leur droit.

※3※

C'eſt là que le Dieu de la guerre
Fit voir par mille exploicts diuers
Qu'il eſtimoit ce coin de terre
Beaucoup plus que tout l'Vniuers;
Puiſque ces campagnes trempées
Du ſang que verſoient nos eſpées,
Receuoient les derniers ſouſpirs
De ceux dont le cœur redoutable
Penſoit que le monde habitable
Ne fuſt pas aſſez grand pour ſouler ſes deſirs.

E

Ny ce foudre l'effroy des Ames
Qui prend les villes par le flanc,
Et qui pousse vn torrent de flames
Pour former vn ruisseau de sang,
Ny l'air qui rougit de cholere
De ce qu'en son throsne ordiniare
L'Element du feu s'est placé,
Ny les assauts, ny la surprise
Ne seruent rien à l'entreprise
De ceux qui dans la flame ont le cœur tout glacé.

Tandis que d'vne erreur brutale
L'Anglois forge ses propres fers,
Le Rebelle ainsi que Tantale
Soufre la peine des Enfers.
Il void vne forest flotante,
Qui sans fournir à son attente
Ne peut contenter que ses yeux,
Et que la fureur de l'orage
En la menaçant du naufrage
Montre qu'elle entrepréd la querelle des Cieux.

Il void enfin que du seruage
Il ne peut estre racheté,
L'Anglois quite nostre riuage
Qui rougit de sa lascheté..
Sa faute ajoûe à sa creance
Que ceux qui combatent la France
Perdent l'espoir de leurs desseins,
Et la Terre toute couuerte
Des sanglans tesmoins de sa perte
Môtre que S. Martĩ sçait vãger tous les saints.

❊❦❊

Mais au lieu qu'en cette disgrace
Le Rebelle change de cœur,
Il nous fait voir la mesme audace
Qui suit le Destin du veinqueur.
Ny ce grand fossé qui l'enserre,
Ny les trais ardans du tonnerre,
Ny le feu, la faim & le fer,
Ny de son Prince la presence
N'esmeuuent point a repentance
Celuy qui n'a point d'yeux que pour suiure l'Enfer.

La faim trace dans son visage
Le portraict viuant de la mort,
Ses dents ne sont plus en vsage,
Son poulx s'abat, son cœur s'endort,
La clarté de ses yeux est sombre,
Il ne paroist que comme vne ombre,
Quand il marche par la Cité
Son corps est plus sec qu'vne souche,
Et sa main refuse à sa bouche
Les moyens de sortir de cette auersité.

※❀※

L'art plus adroit que la Nature
Jnuente pour les secourir
Vne sorte de nourriture
Qui deuroit les faire mourir,
Vn cheual mort d'vne apostume
Fait que ce peuple s'acoustume
A ne s'en seruir qu'au repas,
Les chiens rostis sont les viandes
De ses tables les plus friandes,
Et d'autres animaux ne s'en exemptent pas.

L'enfant

L'Enfant dans ſes lévres de glace
Preſſe des tetins ſans liqueur,
Quand la mort qu'on void en ſa face
Luy paſſe ſoudain dans le cœur.
Sa mere qui ſent que ſa bouche
A moins de chaleur qu'vne ſouche,
Treuue que ſon ſecours eſt vain,
Et lors dans le deüil qui la perſe,
Se paſmant, tombe à la renuerſe,
Et meurt tout à la fois de douleur & de faim.

Cependant de peur que Neptune
Touché d'vn ſi tragique ſort,
Ne leur rameine la Fortune,
En alant viſiter leur port.
Tu l'enfermes d'vne cloſture
Où l'Art enſeigne à la Nature
Le moyen de punir la Mer,
Quand d'vne rage trop farouche
Elle veut tranſporter ſa couche
Hors des lieux où le Ciel la voulut renfermer.

F

Ce reſpect que garde l'orage
Tandis que l'Alcion baſtiſt,
Nous parut, tant que cét ouurage
Euſt beſoin qu'on le garantiſt.
Les flots de qui la perfidie
Fait touſiours quelque tragedie
De ceux dont ils portent le faix,
N'oſent plus quereller la terre,
Et durant toute cette guerre
De craïte de nous nuire, ils ſot touſiours en paix.

Toutefois la vague qui gronde
Tout à l'entour de ſa cloïſon,
Fait penſer que le Dieu de l'onde
Se deſpite d'eſtre en priſon.
L'Anglois pour ſeconder ſa rage
Abordant encor ce riuage
Qui fut teſmoin de ſon mal'heur,
Attend que Thetis qui s'irrite,
Luy donne ce que le merite
Ne ſçauroit accorder à ſon peu de valeur.

Mais les effects de sa venuë
Sont semblables à ces esclairs
Qui perceants le corps de la nuë,
Viennent illuminer les airs.
Aussi tout ce feu d'artifice
Qui deuoit faire vn sacrifice
De la Digue de nos Vaisseaux,
Ne seruit au sein de Neptune
Que pour esclairer la Fortune
Qui les yeux desbādez nous guidoit sur les eaux.

Thetis voyant vne fournaise
Qui pour ce barbare dessein,
Verse mille torrens de braise
Parmy les glaces de son sein.
Pleine d'vne rage despite
Soudain elle la precipite
Dans les goufres de son sejour;
Disant aux flots qu'elle respire
Que dans l'enclos de son Empire
Elle ne peut soufrir que les feux de l'Amour.

L'Anglois pleignant son auanture,
Et voyant tant de changemens,
Iuge que pour nous la Nature
Donne du sens aux Elemens.
Il croit aussi que la victoire
Fera de nostre seule Histoire
L'Histoire de tout l'Vniuers,
Et lors touché de repentance
Il vient se rejoindre à la France,
Qui tousiours au pardõ fait voir ses bras ouuers

***

Mais cependant de ses murailles,
Le Rochelois voyant ces feux
Croit que c'est à ses funerailles,
Qu'on va rendre les derniers vœux.
Le desespoir qui dans sa rage
Brise les cheines du seruage
Reste seul pour le secourir,
Et luy presentant vne espée
Du sang de Spartaque trempée
Par ce mesme secret s'offre de le guerir.

A ce

A ce iour la sœur de Morphée
Aloit triompher des mutins,
Si pour t'en dresser vn trophée
Le Ciel n'eust changé les Destins,
Par vn seul rayon de sa grace
Il fondit lors ces cœurs de glace
Changeant leur audace en douleur,
Afin qu'apres la resistance
On cognust dans leur repentance
Que ta bonté parfait l'œuure de ta valeur.

⚜

A l'heure leur ville reduite
Esprouua que dans les hazars
Tu peux faire par ta conduite
Plus que les mains de cent Cezars;
Puisque sans craindre le tonnerre,
Ny les flames de l'Angleterre,
Malgré la rage des hiuers,
Et les assauts de leur surprise,
Tu vins à bout d'vne entreprise
Où ton esprit tout seul choquoit tout l'Vniuers.

C'eſt alors qu'on a veu la France,
Apres ſes maux & ſa langueur
Retournant en conualeſcence
Reprendre toute ſa vigueur,
Et ſes membres que l Hereſie
Touchoit d'vne paraliſie
Qui l'empeſchoit de s'en ayder,
Font voir que ta main ſecourable
A guery ce mal incurable,
Dont nos Predeceſſeurs n'auoïet peu la garder.

Si des Mutins la decadence
N'eſtoit l objet de mon diſcours,
Ie dirois que par ta prudence
Cazal a receu du ſecours
Ie conterois que l'Italie
Par les Eſtrangers aſſaillie
Recourut au bras de mon Roy,
Et qu'vn Charles luy faiſant place
Parmy des murailles de glace
Recognut que le froid géle moins que l'effroy.

Grand Cardinal de qui l'exemple
Met la gloire à son dernier point;
Et t'euſt fait eſleuer vn Temple
Au temps que Dieu n'en auoit point.
Regarde ce fruit de mes veilles,
Où ie montre que tes merueilles
Rauiſſent nos cœurs & nos yeux;
Et que l'on peut dire ſans blâme,
Que les lumieres de ton Ame
Font noſtre bon deſtin comme celles des Cieux?

P. E. D. M.

www.ingramcontent.com/pod-product-compliance
Lightning Source LLC
Chambersburg PA
CBHW061625180626
46818CB00005B/2232